Adolf Michaelis

Die Verurtheilung des Marsyas auf einer Vase aus Ruvo

Antigonos

Adolf Michaelis

Die Verurtheilung des Marsyas auf einer Vase aus Ruvo

Unveränderter Nachdruck der Originalausgabe von 1864.

1. Auflage 2024 | ISBN: 978-3-38636-806-3

Antigonos Verlag ist ein Imprint der Outlook Verlagsgesellschaft mbH.

Verlag: Outlook Verlag GmbH, Zeilweg 44, 60439 Frankfurt, Deutschland, info@outlook-verlag.de
Vertretungsberechtigt: E. Roepke, Zeilweg 44, 60439 Frankfurt, Deutschland
Druck: Libri Plureos GmbH, Friedensallee 273, 22763 Hamburg, Deutschland

DIE

VERURTHEILUNG DES MARSYAS

AUF EINER VASE AUS RUVO.

VON

ADOLF MICHAELIS.

MIT 2 TAFELN.

GREIFSWALD

DRUCK DER KÖNIGL. UNIVERSITÄTS-DRUCKEREI VON F. W. KUNIKE.

Die Sage von dem Wettstreit zwischen Apollon und Marsyas stammt aus Kleinasien. Oestlich über der phrygischen Stadt Kelainai liegt eine eingeschlossene Hochebene, heutzutage Dumbari Ovassi, d. h. Büffelthal, von den Alten Aulokrenai, die 'Flötenquellen' genannt. Die Gewässer der Ebene sammeln sich am westlichen Rande in einem See, an dessen Ufern das trefflichste Flötenrohr wächst, welches dem Thal mit seinem See jenen Namen gab. In Ermangelung eines offenen Ausflusses hat sich, ebenso wie im östlichen Arkadien, in Boiotien und in manchen andern Gegenden Kleinasiens, das Wasser einen doppelten Ausgang durch die unterirdischen Spalten und Höhlungen des Kalkgebirges, welches den Namen des 'schwarzen Berges', Kelainos Lophos, führt, gesucht. Die Hauptmasse tritt weiter südlich zu Tage und bildet den Maiandros, der nach vielgewundenem Laufe durch die reichen Gefilde Lydiens nicht fern von Miletos das Meer erreicht; im Nordwesten des Sees bricht aus einer Höhle an dem Burgfelsen von Kelainai, auf dem Markte der Stadt, der zweite Arm hervor, durchströmt in einer Breite von 25 Fuss die Stadt und ergiesst sich nach kurzem aber reissendem Laufe in den Maiandros. Aus seiner Natur erklärt sich sein alter von Herodotos uns bezeugter Name Katarraktes'; wälzte er doch nach Theophrastos sogar losgerissene Felsblöcke in seinem Bette mit sich fort.

Phrygien war berühmt wegen seines Flötenspieles; in den einheimischen Kulten der Göttermutter und des Dionysos bildete die Flötenmusik ein wesentliches Element, die berühmtesten Flötenspieler der Mythologie stammen aus Phrygien. Zu diesen gehört auch Marsyas der Silen. Die Silene sind stets die Begleiter und Dämonen der Quellen, wie denn noch spät bei den Römern die Springbrunnen mit dem Namen der *silani* bezeichnet werden; die üppige Vegetation um die Quelle herum spiegelt sich in der übermüthigen Ausgelassenheit dieser Wesen, welche in den Schilderungen und Darstellungen des bakchischen Kreises nicht leicht fehlen, während andrerseits den Silenen auch die prophetische Natur, welche die Alten den Quellen beizulegen pflegten, zukommt. Auch die Musik des rauschenden Wassers erscheint bei ihnen und zwar im Spiele der Rohrflöte. Der Silen Marsyas hauste an jener 'Flötenquelle'; er hatte aus dem dort wachsenden Rohr eine besondere Art vielpfeifiger Flöte zu fertigen erfunden. Die oben geschilderte Natur jener Localität verursachte aber einen weiteren Mythos. Das plötzliche Verschwinden des Wassers aus dem Röhricht ward auf den Wassergott in der Weise übertragen, dass man erzählte, er sei geschunden worden von Apollon, dem Gotte der Sommerhitze und der Entwässerung; in der Grotte, aus welcher auf der Westseite des schwarzen Berges der Fluss wieder hervorbricht, hing die ihm abgezogene Haut oder nach andrer Version sein Schlauch, das Zeichen seiner feuchten, Fruchtbarkeit spendenden Natur. Der Fluss Katarraktes aber, der von hier aus in übermüthigem Lauf dem Maiandros zuströmt, erhielt den Namen Marsyas: der Silen war in den Fluss verwandelt. Mit dürren Worten bezeugt uns der aus dem benachbarten Lydien stammende Pausanias die Localtradition: 'die Phryger in Kelainai behaupten, dass der Fluss, welcher durch ihre Stadt fliesst, einst eben jener Flötenspieler war, und ferner, dass Marsyas die zu Ehren der Göttermutter übliche Flötenweise erfunden habe; auch erzählen sie, dass sie die Keltenscharen durch den Beistand des Marsyas von sich abgewehrt hätten, der ihnen gegen die Barbaren mit dem Wasser seines Flusses und mit der Musik seiner Flöten geholfen habe'.

Den Grund des harten Misgeschicks, welches den Silen betroffen, lässt Herodotos, der älteste Zeuge für die ganze Sage, völlig im Dunkeln. Xenophon nennt als Ursache einen Wettstreit Apollons mit Marsyas 'über die Weisheit'. Beruht, wie kaum zu bezweifeln ist, diese Angabe auf localer Ueberlieferung (Xenophon war selbst an Ort und Stelle gewesen), so dürfen wir daraus wohl auf einen Kampf apollinischer und einheimischer Mantik in jenen Gegenden — leicht erinnert man sich des weisen prophetischen Silen in der Midasfabel — schliessen, der mit einem Siege der erstern schloss. Also eine erste Umdeutung der physischen Erscheinung und ihres mythologischen Ausdrucks durch Einmischung eines fremden, religionsgeschichtlichen Motivs. Noch klarer tritt uns dies in der verbreitesten Version des Mythos entgegen. Hier ist die Strafe des Marsyas die Folge eines musikalischen Wettkampfes zwischen Apollon und Marsyas. Dieser ist der Vertreter der phrygischen Kulte des Dionysos und der Göttermutter mit ihrer gellenden orgiastischen Flötenmusik, jener der Gott hellenischer Kultur und Gesittung, welcher das mildere und kunstmässigere Saitenspiel der Kithar zukommt. Wie der Sieg erfochten ward, darüber erzählte man sich Verschiedenes; nach den Einen hatte bei schwankendem Erfolg Apollon seine Kithar umgewandt und so darauf weiter gespielt, worin Marsyas mit seinen Flöten ihm nicht zu folgen vermochte, Andere wollten wissen, Apollon habe zum Saitenspiel auch noch den Gesang gefügt, wiederum mit der Unmöglichkeit für den Flötenspieler es ihm darin gleich zu thun. Beide Versionen sind der Gradheit des hellenischen Gottes nicht günstig und verdanken vermuthlich ihre Entstehung späteren scherzhaften Behandlungen der Sage, die wir bald kennen lernen werden. Die echtere Sage begnügte sich ohne Zweifel mit dem einfachen Gegensatze der Flötenmusik und der kitharistischen Musik und mit der offenkundigen Ueberlegenheit der letzteren über die erstere an Schönheit und Kunstmässigkeit.

Ob diese Umdichtung der ursprünglich physischen Sage zum musikalischen Wettkampf in Kleinasien vorgegangen sei, kann zweifelhaft erscheinen, da Xenophon zu einer Zeit, wo in Griechenland dieselbe nachweislich längst durchgedrungen ist, in Kelainai noch jene abweichende Erzählung vorfand. Indessen spricht der Gegensatz zwischen apollinischer und dionysisch-metroischer Religion und Musik, welcher in Kleinasien tief wurzelt, mindestens nicht dagegen. Auf der andern Seite ist es gewis, dass die weitere dichterische und künst-

lerische Verarbeitung des in jenem Mythos gegebenen Motivs, für uns wenigstens, ausschliess-
lich den Hellenen diesseits des aigaiischen Meeres und zwar vorzugsweise den Attikern angehört.
Hier fand der Mythos lebhaftesten Anklang in dem Gegensatz der Athener und ihrer boioti-
schen Nachbarn. Boiotien war für das eigentliche Griechenland die neue Heimat des vom
Norden her an den Parnass vorgedrungenen Dionysoskultes. Während in Delphi Dionysos und
Apollon sich brüderlich in die Verehrung theilten, wird in dem feuchten Marschlande Boiotiens
Dionysos fast Alleinherscher; Theben, auf einer niedrigen Hügelkette zwischen den nördlichen
Seethälern des geschlossenen Boiotiens und der ebenfalls nassen Asoposniederung belegen, war
die Geburtsstätte* des Dionysos, des Sohnes des Zeus und der Semele, welcher der gaben-
spendende Gott, nach des boiotischen Pindaros Ausdruck der Herr und Urheber der gesamm-
ten feuchten Natur ist. In allen feuchten Gründen auf den Bergen und in der Ebene ward
Dionysos und mit ihm seine Begleiter verehrt, die Silene und Satyrn. Als nun vollends der
Kultus der grossen Göttermutter in Boiotien Eingang und dieselbe in Pindaros einen begei-
sterten Sänger gefunden, war der Götterverein wie in Phrygien wieder beisammen. Und auch
hier boten die Ränder des kopaischen Sumpfes, namentlich bei Orchomenos und Haliartos,
ausgezeichnetes Flötenrohr dar. Aber nicht der Silen Marsyas war hier der Erfinder des Flötenspieles, sondern nach Pindaros hatte keine Geringere als die alte Landesgöttin Athena Anspruch
auf diese Erfindung. Sie war unweit der Kopais am Bache Triton geboren; durch das Zischen
der Schlangen, mit welchen nach der Tödtung der Medusa die Gorgonen ihren Schmerz ausgedrückt hatten, war sie zur Erfindung der Flöte geführt worden, die sie aus tritonischem
Rohre bildete.

Dies war der Punkt wo die Attiker den Mythos aufnahmen. Fast in allen Dingen
ihren so verschieden gearteten Grenznachbarn aufsässig, waren sie auch keine Verehrer der
thebischen Pifferari und wollten ihre Göttin, die reine Vertreterin attischer Feinheit und
Grazie, von dem Flecken befreien, mit dem verhassten Instrument unzertrennlich verknüpft
zu sein. Freilich Pindaros Ansehen war auch in Athen zu gross, als dass man ohne Weiteres
jenen ganzen Mythos hätte verwerfen können, aber man ersann einen andern weit boshafteren
Ausweg. Erfunden hatte Athena wohl die Flöten, aber, wie der Dithyrambendichter Melanip-
pides singt (freilich nicht ohne lebhaften Widerspruch zu finden),

unsre Athena

warf die Flöten weg aus den heiligen Händen,
rufend: Fort, abscheuliche Schänder der Schönheit!
Nimmer will ich solcherlei Schimpf mich ergeben.

Bestimmter noch spricht der attische Nationalstolz aus der bekannten Aeusserung des jungen
Alkibiades, welcher die Aufforderung zum Flötenspiel mit der Bemerkung ablehnte, dasselbe
entstelle das Gesicht bis zur Unkenntlichkeit und verhindere zugleich das Sprechen wie den
Gesang; 'meinetwegen', fügt er spöttisch hinzu, 'mögen die Söhne der Thebaier pfeifen,
da sie sich ja nicht aufs Reden verstehen; wir Athener aber haben nach dem Zeugnis unserer
Väter Athena und Apollon zu Stammgöttern, von denen jene die Flöte wegwarf, dieser
sogar dem Pfeifer das Fell abzog'. Das älteste uns bekannte Kunstwerk, das sich auf

Marsyas bezieht, die Bronzegruppe Myrons, welche Pausanias auf der Akropolis von Athen sah und die auch Plinius erwähnt, die wir aus Münzen und einem Relief, seit Kurzem auch zur einen Hälfte aus einer plastischen Nachbildung kennen, stammt aus derselben Zeit wie jene beiden Aeusserungen und zeigt vollständig übereinstimmende Auffassung. Athena hat eben die Flöten fortgeworfen und eilt davon, da kommt Marsyas, durch den gellenden Ton angelockt, herbei; frohlockend über die Musik, gierig sich in den Besitz der wunderbaren Rohre zu setzen, streckt er die Arme von sich, jede Fiber zitternd von höchster halbthierischer Erregtheit — noch schrickt er zurück, stieren Blicks, auf den Zehen, aber im nächsten Augenblick wird er sich bücken um den unverhofften Raub an sich zu raffen. Sollte es ein blosser Zufall sein, dass der Künstler dieser höchst lebendigen Gruppe aus dem boiotisch-attischen Grenzorte Eleutherai war, der kithaironischen Bergfestung, welche sich ähnlich wie die benachbarte Stadt Plataiai aus Hass gegen die brutalen Thebaier von Boiotien losgesagt und an Athen angeschlossen hatte ?

Die Flöten von Athena erfunden aber verschmäht, Marsyas der sie anfhebt aber durch sie ins Unglück gestürzt und von Apollon geschunden wird — damit waren die Elemente für dramatische Behandlung gegeben, welche in dem Gegensatz zwischen dem halbthierischen, auf seine rohe Kunst eingebildeten Tölpel und dem mit der feinen Bildung und virtuosen Gewandtheit der attischen Jugend ausgestatteten Gotte die erwünschte Charakterverschiedenheit fand und durch würzige Seitenbemerkungen über die Pfeiferkünste der boiotischen Marschbauern in den Augen des attischen Publikums gewis nur gewinnen konnte. Das Satyrdrama nahm sich des dankbaren Stoffes an. Die 'Spottdichter', heisst es, stellten Athena mit der Flöte und Marsyas dar, worunter allerdings nicht mit voller Sicherheit Dramatiker zu verstehen sind; schwerer fällt es dagegen ins Gewicht, dass Marsyas fortan regelmässig als Satyr, der Schinderknecht Apollons als Skythe, d. h. als athenischer Polizeisoldat bezeichnet wird. Ja unter den mythologischen Excerpten, welche wir von Hyginus besitzen, ist noch ein Abschnitt erhalten, der nichts anderes als die Inhaltsangabe eines Satyrdramas, vielleicht des Euripides, ist. Athena erzählt, wie sie die Flöten erfunden und sich damit beim Göttermahle habe hören lassen, sie sei aber von ihren alten Nebenbuhlerinnen Hera und Aphrodite wegen ihrer Pausbacken und ihrer unerfreulichen Musik verhöhnt. Die nahe Quelle soll ihr jetzt als Spiegel dienen. So geschieht es; auch sie selbst ist über den Anblick entsetzt, wirft die Flöten fort und spricht über denjenigen der sie aufheben würde Fluch und schweres Verderben als Strafe aus. Da tritt Marsyas der Satyr auf, der in der Nähe seine Herde weidet; er findet die Flöten, entlockt ihnen Töne, die ihn und vermuthlich nicht minder seine ländliche Umgebung entzücken, bald dünkt er sich unübertrefflicher Meister in seiner Kunst. Aufgeblasen in seinem bäurischen Stolz fordert er Apollon zum Wettkampf der Kithar gegen seine Flöten heraus. Dieser nimmt die Herausforderung an, die Musen werden zu Richterinnen bestellt, der Wettstreit beginnt. Schon neigt sich die Schale des Sieges auf die Seite des Satyrs, da verfällt der gewandte Gott auf den schon erwähnten Kunstgriff: virtuosenmässig kehrt er sein Instrument um, ohne dass sein Spiel darunter leidet, und verlangt das Gleiche von Marsyas. Natürlich vermag dieser mit seiner Flöte ihm darin nicht zu folgen und die Musen sind parteiisch genug ihrem Gotte den Sieg zuzusprechen. Schrecklich erfüllt sich Athenas Fluch an dem unglücklichen Flötenbläser, er wird auf Apollons Geheiss an eine Fichte gebunden und von dem skythischen Sklaven geschunden. Nur dadurch dass der Körper dem Schüler des Marsyas, dem phrygischen Jüngling Olympos, der die Kunst des Meisters auch weiterhin zu Ehren bringen soll, zum ehrlichen Begräbnis übergeben wird und dass aus dem Blute des Geschundenen der Fluss Marsyas entsteht, der Satyr also als Flussgott ewiges Leben erhält, tritt zum Schluss eine Art von Versöhnung ein.

Die Fassung der Sage, wie sie in diesem Drama vorliegt, ist allem Anschein nach die kanonische geblieben und kehrt namentlich fast ohne Abweichung in dem mythologischen Handbuch des Apollodoros wieder; nur darin findet sich ein Unterschied, dass Letzterer Olympos nicht als Schüler sondern als Vater des Marsyas betrachtet und dass er, wie es scheint, das Henkeramt dem Gotte selbst überträgt, vermuthlich um den allzu speciell attischen Skythen zu vermeiden. Vielleicht dürfen wir einen Nachklang der Streitscene aus dem Satyrdrama darin erkennen, wenn hier und da Marsyas als ein Opfer der Schlauheit und der Sophismen Apollons beklagt wird. Dagegen wird erst in späten und trüben Quellen der Urtheilsspruch des Midas, welcher diesem seine Eselsohren eintrug, mit unserem Streite in Zusammenhang gebracht. Ebenso wenig haben wir auf jene sentimentale Wendung bei Ovid zu hören, der zufolge der Fluss nicht aus dem Blute des Marsyas selber, sondern aus den um ihn vergossenen Thränen der übrigen Satyrn und der Nymphen entstanden sein sollte, oder auf die plumpe Erzählung, nach der Apollon den festgebundenen Marsyas eigenhändig zu Tode prügelt; noch endlich auf jene naive Etymologie, die den Marsyas dem unholden Sieger glücklich entrinnen lässt, damit er doch nach Italien gelangen und dort dem Volke der Marser den Namen geben könne, ähnlich wie das Geschlecht der Marcier seine Münzen mit dem Bilde des Marsyas verzierte. Für die Erklärung der uns vorliegenden Kunstwerke genügt jene ältere und echtere Sage.

II

Die oben bezeichnete Ausbildung des Mythos gehört, wie wir sahen, wesentlich dem fünften Jahrhundert an; zu gleicher Zeit fand dieselbe ihre erste künstlerische Behandlung in jener Gruppe Myrons, eines der älteren Künstler des perikleischen Athen. Nicht viel später wird auch die Malerei sich des Stoffes bemächtigt haben, da der in Athen ansässige Herakleote Zeuxis, von dem wir ein Bild unter dem Namen des 'gefesselten Marsyas' kennen, um die Zeit des peloponnesischen Krieges lebte. Ohne Zweifel blieb Zeuxis Bild nicht das einzige Gemälde welches die Sage behandelte; selbst heutzutage besitzen wir noch eine Reihe von Wandgemälden, welche uns die Neigung der alten Malerei für diesen Stoff beweisen. Noch deutlicher aber legen dafür die zahlreichen Erzeugnisse des malerischen Kunsthandwerks, die Bilder der bemalten Vasen, Zeugnis ab. Ganz übereinstimmend mit den oben dargelegten Bemerkungen findet sich darunter kein einziges Gefäss mit braunen oder schwarzen Figuren, nicht einmal eines mit röthlichen Figuren von strengerer Zeichnung, mit anderen Worten keines welches vor dem Ende des peloponnesischen Krieges und vor der Einführung des ioni-

schen Alphabets in Athen (403) verfertigt wäre. Vielmehr zeigen alle jene Vasen in ihren
Malereien einen freien, von sorgfältiger Zierlichkeit bis zu flüchtiger Nachlässigkeit fortschrei-
tenden Stil; eine, und zwar die figurenreichste, ist in der später beliebten Weise mit erho-
benen Darstellungen statt mit Reliefs geschmückt. Damit stimmt es völlig überein, dass von
den vierzehn näher bekannten Vasen, welche sich mit Sicherheit auf unseren Mythos beziehen,
dreizehn nach ausdrücklichem Zeugnis oder nach andern untrüglichen Kennzeichen aus Unteritalien herstammen, eines aus der Krim, folglich alle aus solchen Gegenden, welche in der
späteren Zeit lebhaften Vasenhandel mit Athen trieben und auch in eigenen Fabrikaten mit
den Erzeugnissen der attischen Töpfereien zu wetteifern begannen. So bieten uns die Vasen
das älteste umfangreichere Zeugnis für eine umfassende künstlerische Behandlung der Marsyassage dar, und ist in ihnen der Kreis der einzelnen Momente vielleicht nicht ganz so straff
zusammengeschlossen wie in den encyklopädischen Darstellungen römischer Sarkophagreliefs,
so werden wir dafür durch die Frische und Originalität entschädigt, mit welcher fast jeder
einzelne Gefässmaler selbständig seine Aufgabe ergriff. —

Die Erfindung der Flöte durch Athena wird uns in keinem der erhaltenen Bilder
vorgeführt. Dagegen finden wir die Göttin auf einer Vase der ersten hamiltonschen Sammlung,
welche sich jetzt wahrscheinlich im britischen Museum befindet (*A*), anwesend. Marsyas,
dessen Haut über und über mit Zotteln bedeckt ist, hat sich auf einen epheubekränzten Wein-
krug niedergelassen und erfreut sich am Spiele der Doppelflöten, welches aber die in voller
Rüstung vor ihm stehende Athena in die heftigste Aufregung versetzt. Es ist nicht ganz klar,
ob sie den armen Satyr thätlich für seinen Ungehorsam bestrafen oder nur entsetzt forteilen
will; so viel ist sicher, dass sie auf die Beschwichtigungsversuche des hinter ihr herkommenden
Apollon nicht hört. Dieser, an dem langen Lorberstamm kenntlich, ist nur noch als unbe-
theiligter Zuhörer gegenwärtig, ebenso wie an dem entgegengesetzten Ende des Bildes seine
Schwester Artemis, welche durch eine lange Fackel bezeichnet wird.

In eine etwas reichere Umgebung versetzen uns die beiden folgenden Bilder. Das
eine (*B*), welches leider nur durch eine sehr unvollkommene Beschreibung bekannt ist, zeigt
wiederum als Mittelgruppe den blasenden Satyr und Athena neben ihm, wir wissen nicht ob
als seine Gegnerin oder als Beschützerin der doch immerhin von ihr erfundenen Musik. Zwei
Satyrn, von denen einer den charakteristischen Namen Simos d. h. 'Stumpfnase' führt,
und zwei Frauen, Nymphen oder Mainaden, drücken im Gespräch ihre Freude über das Spiel
aus, dem auf der andern Seite Apollon und Hermes zuhören. Diese sind von vier anderen Figuren begleitet, denen es einstweilen unmöglich ist bestimmte Namen beizulegen. Hermes Gegenwart in der Nähe des Bruders, die auch auf Reliefdarstellungen des Wettkampfes nachweislich ist, erklärt sich einfach aus dem Umstande, dass er der Erfinder der Kithar oder Lyra
ist; er hat also zu Apollons Musik dieselbe Beziehung wie Athena zu der des Marsyas. — Genauer
bekannt ist uns die andere Darstellung, die sich auf einem Gefässe der zweiten hamiltonschen
Sammlung befindet (*C*). Auch hier sitzt Marsyas blasend unter seinen bakchischen Genossen,
die Amphora zu seinen Füssen. Zwei langbekleidete Mainaden mit Thyrsosstäben und ein
Satyr, dem der obige Name Simos wohl anstehen würde, finden Gefallen an seinem Spiel.

und schon dünkt er sich gross, bläst er den Nymphen sein Lied.
Artemis mit der Fackel nimmt wiederum das eine Ende des Bildes ein, Apollon aber steht in
der Mitte neben Marsyas und blickt auf ihn hinab; ist es Neid oder Unwillen, was ihn bewegt
sich zum Fortgehen zu wenden? Der erste Anfang des Gegensatzes ist jedenfalls in dieser
Begegnung ausgedrückt, bereits liegt auch neben dem Satyr die Kithar auf der Erde, mit
welcher der Gott den Kampf aufnehmen wird. Entschieden ist sein Entschluss in dem vierten
Bilde, welches ein glockenförmiges Gefäss der Vasensammlung im Louvre schmückt (*D*). Neben
einem Baume, d. h. nach der andeutenden Symbolik der alten Kunst in einer waldigen Gegend
— speciell mag wohl der Baum gemeint sein, der nachher als Galgen dient — sitzt der
Satyr, aber nicht mehr musicierend, er hat die Flöten schon abgesetzt und blickt sich mit
höchst impertinenter Miene nach dem lorberbekränzten jugendlichen Apollon um, der zu ihm
herantritt, den langen Lorberstab wie ein Scepter im rechten Arm, in der Linken die Kithar.
Ruhig erhabenen Blickes schaut der Gott auf den ungeberdigen Satyr hin, seines Sieges gewis,
mag es nun sein, dass der Wettkampf erst beginnen soll, oder dass Marsyas seine Leistung
schon beendigt hat und im Vertrauen auf diese so zuversichtlich dem Gegner ins Angesicht
blickt. Die Richterinnen sind schon zur Stelle, die Musen in der besonders auf Vasen so
häufigen Dreizahl; die eine neben Apollon trägt einen grossen Kasten auf der Hand, von den
beiden andern, welche jenseits des Marsyas beisammen stehen, ist die erste ohne Attribut, die
zweite durch die Kithar und einen kleinen Gegenstand bezeichnet, der in der Zeichnung einer
Rolle ähnelt, in Wirklichkeit aber wohl eher das Plektron bedeutet. —

Fünf weitere Gefässbilder führen uns den hauptsächlichen und entscheidenden Theil
des Wettkampfes vor, die nun folgende musikalische Leistung Apollons. Es ist charakteristisch
dass in den vorhergehenden Momenten der Gott in idealer Tracht, nur mit einer leichten
Chlamys bekleidet, erschien (für *B* lässt es sich allerdings nicht mit Sicherheit sagen);
jetzt aber wo es gilt selbst thätig aufzutreten, finden wir ihn regelmässig in der feierlichen
Gewandung welche den Kitharspielern eigen war. Der lange Chiton, bisweilen durch bunte
Streifen noch besonders geschmückt und in der Mitte durch einen breiten Gürtel zusammen-
gehalten, wallt in grossen Falten bis auf die Füsse hinab, ein weiter Mantel vervollständigt
das Kostüm, auch fehlt nicht leicht der Kranz im Haar. Das Instrument hat immer bedeu-
tende Dimensionen; meistens ist es eine Kithar mit gewaltigem Schallkasten, zu starkem Ton
geeignet, nur einmal (*J*) ist die leichtere Lyra mit rundem Schildkrötenkasten und stärker ge-
schwungenen Armen an die Stelle getreten. Ebenso ist der Ausgang des Streites regelmässig
durch die Gegenwart der Nike in der Nähe des Gottes angedeutet. Sehr verschieden aber ist
die Haltung des Satyrs gegenüber dem gefährlichen Concurrenten und manigfaltig ist auch
das Publikum, welches dem Kampfe seine Theilnahme schenkt; auffallend genug finden sich
jedoch die Musen auf keiner der fünf Darstellungen.

Den Reigen eröffnen zwei Bilder, die einander so ähnlich sind, dass sie offenbar auf
ein gemeinsames Original zurückgehen. Die Vasen auf denen sie sich befinden stammen die
eine aus der Krim, aus der Nähe von Kertsch, dem alten Pantikapaion (*E*, s. Tafel I, 1; die
Form auf Tafel II, *a*), die andre aus Unteritalien (*F*); jene wird heutzutage in Petersburg

aufbewahrt, diese ist aus der zweiten hamiltonschen Sammlung in den Besitz Sir Thomas Hope's gekommen und befindet sich auf dem reizenden Landsitz der Familie, Deepdene, ein paar Stunden von London. Auf beiden Vasen nimmt Apollon die Mitte ein; er steht, wie es Brauch der Sänger bei den Festen war, auf einer niedrigen viereckigen Erhöhung und greift in die Saiten, etwas ruhiger und ernster in der Vase von Pantikapaion, in begeisterter Bewegung auf dem grossgriechischen Exemplar. Beide Bilder erinnern an statuarische Darstellungen Apollons, das erste an die sog. barberinische Muse der Münchner Glyptothek, das zweite an die schwungvolle vaticanische Statue des Apollon Musagetes, dessen Kithar mit dem Relief des hängenden Marsyas geschmückt ist. Hinter dem Gotte schwebt die kleine Nike heran, in der Petersburger Vase fast ganz verwischt und nur noch in den Umrissen erkennbar. Noch aber scheint Marsyas um den Ausgang nicht ernstlich besorgt. Mit übereinander geschlagenen Beinen sitzt er auf einem Felsblock, der auf *E* mit einem Gewande bedeckt ist, die beiden Flöten neben sich; den einen Arm hat er lässig auf die Beine gelegt, mit dem andern, dessen Ellenbogen auf das Knie gestützt ist, trägt er das Kinn. Ganz behaglich ruht er sich aus, in *E* mit einem goldenen Kranze geschmückt, und hört aufmerksam zu, während ihm gegenüber sein Schüler und Liebling Olympos, der zarte und langgelockte Jüngling mit der phrygischen Mütze, der auf seine Chlamys hingestreckt ist, schon besorgter nach ihm sich umzublicken scheint. — Die Symmetrie der bisher betrachteten Hauptgruppe erstreckt sich auch auf die Nebenfiguren, welche in etwas erhöhter Reihe sichtbar werden. Ueber Marsyas sitzt in beiden Bildern Artemis, an den beiden langen Fackeln in den Händen kenntlich; statt des garstigen Gesichtes, welches die mässige Zeichnung des Petersburger Gefässes (*E*) ihr antheilt, zeigt das andre Exemplar die jugendlichen Züge der Göttin. Der Schwester und natürlichen Begünstigerin Apollons erwarten wir eine Gönnerin des Flötenspiels gegenübergestellt zu finden, und in der That sehen wir auf der hopeschen Vase (*F*) an jener Stelle Athena sitzen, mit Helm und Lanze angethan, wie auf den zuerst betrachteten Vasen (*AB*). Neben ihr steht, auf sie gelehnt, ein Jüngling in einer Chlamys, für welchen der Helm auf dem Haupte die Deutung auf Ares nahe legt. Ares den Kriegsgott als Patron der Flöte hier zu finden würde allerdings an sich nicht auffallen, da der kriegerische Gebrauch dieses Instruments auch schon im Alterthum sehr verbreitet war; allein sind sicher nachweisliche Darstellungen dieses Gottes auf Vasenbildern überhaupt nicht häufig, so fällt hier die mangelhafte Charakteristik durch den blossen Helm ohne jede weitere Bewaffnung noch besonders auf. Es ist also wohl gerathen sich daran zu erinnern, dass die tischbeinschen Zeichnungen der zweiten hamiltonschen Sammlung sich manche Willkür und Ergänzung zu Schulden kommen lassen, und dass andererseits der Helm hier am äussersten Rande der Darstellung möglicherweise nur von der Hand eines Restaurators herrührt. Ohne erneute Untersuchung des Originals scheint es mir daher sicherer über die Bedeutung dieser Figur die Entscheidung in der Schwebe zu lassen. — Anstatt der eben besprochenen Gruppe ist in der Vase von Pantikapaion (*E*) eine ganz andre Figur der Artemis gegenübergestellt, eine thronende Frau mit Chiton und Mantel bekleidet; Armbänder, ein Perlenhalsband, eine Blumenkrone dienen ihr zur Zierde, ein Scepter bezeichnet sie als Herscherin. In der That ist es die göttliche Herscherin der Gegend, in welcher der Wettkampf vor sich geht, die Göttermutter, als die natürliche Schirmherrin des phrygischen Flötenbläsers. Passend sitzt sie oberhalb des Olympos, auf Marsyas hinabblickend, während auf der andern Seite Artemis dem Bruder zugewandt ist. So schliesst sich die ganze Composition wohl durchdacht zusammen.

Kaum weniger symmetrisch ist die erst seit Kurzem bekannte Darstellung einer reichgeformten (s. Tafel II, *b*), mehr als 2 Fuss hohen Amphora aus Anzi, einem der ergiebigsten Fundorte Lucaniens, jetzt in der kaiserlichen Sammlung in Petersburg (*G*), welche auf Tafel I, 2 wiederholt ist und in ihrer Gesammtcomposition auffallende Aehnlichkeit mit einem andern Vasenbilde (*élite céramogr.* II, 97) zeigt, das Apollon als Kitharspieler aber ohne Bezug auf Marsyas darstellt. Der Gott im Kitharödengewande steht hier nicht auf einer künstlichen Bühne, sondern er schreitet auf einer leise angedeuteten Erhöhung des Bodens einher, welcher durch einen Zweig zu seinen Füssen als bewachsen bezeichnet wird; dem gleichen Zwecke dient auch der Lorberbaum oben links im Bilde. Apollon fühlt sich seines Sieges, dessen Zeichen ihm die heranschwebende Nike in einer geschmückten Binde eben darzubringen im Begriff ist, vollkommen sicher und blickt in diesem Bewustsein zurück auf einen epheubekränzten bärtigen Mann, der mit nacktem Oberkörper, den Mantel um Leib und Beine geschlagen, auf seinen Stab gelehnt dasteht und in der Bewegung seiner Rechten bewunderndes Erstaunen zeigt. Wohl mit Recht ist in ihm der Richter erkannt, dessen Namen wir jedoch — da König Midas wie oben bemerkt ward erst sehr spät mit der Marsyassage verbunden ist, allem Anschein nach weit später als wir die Entstehung des vorliegenden Bildes setzen dürfen — nicht bestimmen können. Oder dürfen wir uns der Version bei Apollodoros erinnern, nach welcher Olympos der Vater des Marsyas war, und diesen hier dargestellt glauben? Der trübe Ausdruck des Mannes sowohl wie die bakchische Bekränzung mit Epheu ist dieser Meinung günstig. Damit, dass er die Sache des Marsyas verloren gibt, stimmt die Haltung des Satyrs selbst vollkommen überein. Dieser sitzt in der andern Ecke des Bildes auf einem ausgebreiteten Fell, der einfachen Kleidung und Decke des rohen Waldbewohners. Seine trotzige Zuversicht ist gebrochen, unwillig hat er sich von dem Gegner abgewandt und lässt seinen Stolz, die Flöten, in der Rechten sinken. Der auf den Arm gestützte Kopf ist nicht mehr ein Zeichen der Behaglichkeit, denn unruhig hat er das Gesicht nach dem Nebenbuhler umgewandt, Missmuth und trübe Ahnungen malen sich in seinen Zügen. Wir sind also mit diesem Bilde einen Schritt weiter in der Entwicklung des Wettkampfes gekommen. Ueber Marsyas endlich sitzt auf einer durch Steinchen angedeuteten Felshöhe eine bekränzte verschleierte Frau, mit Armspangen und einem Halsbande geschmückt. Auf der linken Hand trägt sie eine verzierte flache Schüssel, während sie in der Rechten einen durch weisse Blumen ausgezeichneten Kranz erhebt, doch wohl zum Zeichen der Anerkennung für die Leistung Apollons. Zunächst denkt man an eine dem Letzteren befreundete Göttin, doch will sich keine zu dieser Figur in solcher Umgebung recht passende finden. Erwägt man, dass nach der siegesstolzen Miene des Gottes, nach dem lebhaften Ausdruck des Unwillens im Marsyas, nach der trüben Stimmung des Mannes gegenüber, der ursprünglich dem Satyr geneigt gewesen zu sein scheint, der Maler unseres Bildes Alles darauf angelegt hat den Triumph Apollons in das hellste Licht zu setzen, so wird man es begreiflich finden, wenn wir auch in dieser Figur wie in der Scepterfrau der anderen Petersburger Vase (*E*) die Göttermutter erblicken, welche selbst gezwungen ist dem Gegner ihres Schützlings den Preis zuzuerkennen. Die innere Schwierigkeit ist wenigstens nicht viel geringer, wenn wir die Frau für die Vertreterin des Thales Aulokrenai oder des 'schwarzen Berges' halten, da ja auch diese von vorn herein auf der Seite des Marsyas stehen muss; äusserlich betrachtet aber will sich der matronale Charakter unserer Figur für eine Ortsnymphe — wie z. B. die inschriftlich bezeugte Nemea auf der Archemorosvase — durchaus nicht schicken.

Weit einfacher stellt der Maler eines schlanken Kruges von später flüchtiger Kunst, welcher in dem gleichfalls lucanischen Orte Grumentum gefunden ist und der Sammlung Santangelo in Neapel angehört (*H*), unsre Scene dar, indem er sich auf die Hauptfiguren beschränkt. Apollon, neben dem ein Lorberstrauch sichtbar wird, hat schon zu spielen aufgehört und blickt der nur wenig kleineren Nike entgegen, welche mit ausgebreiteten Flügeln auf ihn zueilt und ihm den Kranz als Siegeszeichen darreicht. Hinter dem Sieger sitzt auf seinem Fell Marsyas, die Flöten, deren aus Fell gearbeitetes Futteral neben ihm hängt, in der einen Hand, während die andre auf den Sitz gestützt ist; sein Blick drückt eine Mischung von Trauer und Ueberraschung aus und fast hat es den Anschein, als ob er aufspringen und die Bekränzung des Gegners verhindern wollte. Indessen das ist nur eine vorübergehende Aufwallung, vollständig resigniert ist er auf dem Bilde eines tassenähnlichen Gefässes der Sammlung Jatta zu Ruvo (*J*). Hier steht Apollon nicht mehr, sondern hat sich schon wieder gesetzt und nur wie unwillkürlich klimpern noch die Finger in den Saiten der Lyra. Nike, wiederum an Grösse den übrigen Figuren entsprechend, ist von hinten herangetreten und schickt sich an mit einer breiten Binde das schon bekränzte Haupt des Siegers zu umwinden, während auf der andern Seite Artemis, hier nicht durch Fackeln sondern durch das auf ihrem Schoos gelagerte Rehkalb bezeichnet, wohlgefällig auf den Bruder herabblickt. Das Gegenstück dazu bieten die beiden Personen, welche in den unteren Ecken des Bildes sitzen, links Olympos, theilweise in seinen Mantel gehüllt. Traurig senkt er das Haupt, und legt die Hände auf den langen Stab, den er vor sich auf den Boden gestützt hat, denn Rettung ist für den Freund nicht mehr zu hoffen. Die erwartet auch dieser selbst nicht mehr; wiederum sitzt er da, das Haupt auf die Hand gestützt, aber diesmal mit dem Ausdruck höchster Bekümmernis, neben welcher der Kranz im Haar wie ein Hohn sich ausnimmt. Nachlässig ruht die Linke auf dem Boden und um das Handgelenk ist der Griff des auch hier aus geflecktem Fell bestehenden Flötenfutterals geschlungen; vielleicht umschliesst dieses schon wieder das Instrument, welches einst sein Stolz, nun sein Verderben geworden ist. Es fehlt nichts weiter als dass der Satyr die ganze Schwere der Strafe, wie sie die verletzte Ehre des Künstlers und die beleidigte Majestät des Gottes erheischt, erfahre.

III

In den zuletzt betrachteten Vasenbildern sahen wir Schritt für Schritt das Verhängnis näher an Marsyas heranrücken und in diesem die traurige Gewisheit seines Schicksals sich befestigen. Den entscheidenden Moment selbst erblicken wir auf der Vorderseite einer schönen Vase (*K*) des einst bourbonischen, jetzt Nationalmuseums in Neapel (n. 2389), welche im Jahre 1836 bei der apulischen Stadt Ruvo gefunden worden ist. Die Darstellung derselben war bisher nur aus ungenügenden Beschreibungen bekannt, welche über die Bedeutung einzelner Figuren erhebliche Zweifel übrig liessen. Auf unserer Tafel II, 3 (wo *c* die Form des Gefässes zeigt) ist die Hauptseite nach einer Durchzeichnung abgebildet, welche allerdings zu flüchtig ist um Ungeübten mehr als den Gesammteindruck der Composition vorzuführen, Kundigen jedoch Anhalt genug bieten wird um auch die feineren Schönheiten des Originals durchzufühlen.

Mehrere aus kleinen Steinchen gebildete Linien, welche das Bild in verschiedenen Richtungen durchziehen, deuten eine Gebirgsgegend, ohne Zweifel die von Kelainai, als das Local des Vorganges an. Deutlich wird auf diese Weise eine obere Reihe ferner Stehender von den zunächst betheiligten Personen darunter geschieden, während andererseits eine von oben nach unten gezogene Mittellinie die drei vornehmsten Figuren der ganzen Darstellung, Zeus, Apollon und Marsyas, trifft, so dass die gesammte Composition in fest gegliederter Anordnung leicht übersehbar dasteht. Den Mittelpunkt des Ganzen nimmt auch hier wie gewöhnlich Apollon ein, nicht in Kitharödentracht, sondern nur mit einem weiten Mantel angethan, dessen Rand mit einem dunklen Streifen besetzt ist; die Beine sind von dem Mantel bedeckt, der hinter dem Rücken hinauf über das Haupt gezogen ist um só den nackten Oberkörper wirksam einzurahmen. Die Verhüllung dient den Anblick des Gottes erhabener zu machen, der wie auf der vorigen Vase noch die letzten Töne der Lyra entlockt, wohl nur als ein Nachspiel, wie in der Schilderung eines ähnlichen Gemäldes bei dem jüngeren Philostratos, denn der Sieg ist schon entschieden: die kleine Nike tritt eben heran ihn mit der Binde zu kränzen. Wohlgefällig schaut in der oberen Region Vater Zeus, der dort behaglich thront, als höchster Hort der Welt und als innig verbunden mit dem Triumph seines geliebten Sohnes, auf dessen Schwester Artemis, die rechts im kurzen Jagdgewande sitzt. Der Bogen in der Rechten, zwei kurze Speere in der andern Hand und ein grosser weisser Hund, der neben ihr sitzt, vervollständigen das Bild der rüstigen 'pfeilschüttenden' Jungfrau, die als Hymnia auch an den musikalischen Erfolgen ihres Zwillingsbruders nahe betheiligt ist. Zeus ist in üblicher Weise mit freiem Oberkörper gebildet, das Scepter in seinem Arm mit dem Herschersymbol des Adlers geschmückt; der Kranz um sein Haupt mag aus dem Laube des ihm heiligen Oelbaums gemacht sein. Ganz links, der Artemis gegenüber, sitzt ein wenig tiefer als die eben geschilderten beiden Gottheiten eine schöne jugendliche Frau in reicher Gewandung und mit vollständigem Schmuck an Hals und Händen. Dass es Aphrodite ist, zeigt der kleine bekränzte Eros neben ihr, der mit weit ausgebreiteten Flügeln, die Hände auf die leise gebogenen Kniee gestützt, neugierig und sehnsüchtig in die Schale hineinschaut, welche die Mutter in der Linken ihm entgegenhält. Aphrodite ist ohne Zweifel als Gönnerin des Marsyas zugegen. Ihrem inneren Wesen nach als Göttin der im Frühling in voller Blumenpracht neu sich verjüngenden Natur ist sie dem Daimon der üppig aufblühenden Wiesen und reichen Quellen verwandt. Was aber hier näher liegt, auch als Göttin der Liebe muss sie dem ausgelassenen Genossen bakchischer Lustigkeit gewogen sein, vollends dem Erfinder der Flöten, deren sinnlich aufregender Charakter das Instrument in dem aphrodisischen Kultus eingebürgert hatte; namentlich an den Adonisfesten durfte die durchdringende Klage der Flöte nicht fehlen. Allerdings muss es auffallen, dass Aphrodite hier an dem Schicksal ihres Schützlings so wenig Antheil nimmt, da doch für eine absichtliche Gleichgiltigkeit kein Grund denkbar ist; allein diese spätere Kunst liebt sehr die idyllischen genrehaften Motive, dergleichen wir auch auf unserer Vase sonst noch finden werden, und wendet sie selbst da an, wo sie dem Zusammenhang des Ganzen mindestens nicht förderlich sind.

Grund genug zur Niedergeschlagenheit ist übrigens vorhanden. Apollon ist von drei weiblichen Gestalten umgeben, die sich deutlich genug als die richtenden Musen zu erkennen geben; ihre Gegenwart ist eine der Eigenthümlichkeiten, welche unser Bild vor den fünf zuletzt betrachteten auszeichnen. Die Dreizahl, welche uns schon in einer der früheren Scenen (D) begegnete, ist nicht als eine Auswahl aus den uns geläufigen neun Musen der homerischen und hesiodischen Gedichte aufzufassen; in Poesie und Kunst finden wir neben den neun Schwestern auch andere Gruppen von sieben oder drei Musen erwähnt und dargestellt, letztere nach der Analogie der Chariten, der Horen, der Moiren. Ebensowenig ist es gerathen nach bestimmten Namen für die drei Musen zu suchen, veranlasst durch ihre Attribute, denn die ältere Kunst kennt noch nicht die zunftmässige Vertheilung der Attribute und Thätigkeiten unter die Musen, welche kaum vor der alexandrinischen Zeit stattgefunden haben wird. Auf den Vasenbildern sind vielmehr die Attribute in sehr verschiedener Weise ausgewählt und zusammengestellt, und grade wo einmal bestimmte Namen beigeschrieben sind, finden wir z. B. der 'blühenden' Thaleia sehr passend, aber ohne allen Bezug auf ihre spätere Stellung zur Komödie einmal den bakchischen Thyrsos, das andremal einen Kranz in die Hände gegeben, Kleio hält die Flöten, das nachmalige Attribut Euterpes, Kalliope ein Kästchen, Polyhymnia eine Rolle, während andere Musen, Urania Euterpe, ohne alle nähere Bezeichnung bleiben. Dagegen findet sich derselbe musische Dreiverein, wie auf unserer Vase, auch sonst noch: Saitenspiel, Flöten und Gesang bezeichnen bei den Musen wie bei den Seirenen die Gesammtheit der musikalischen Thätigkeit. Unterhalb der Artemis sitzt die eine der Schwestern, ihren Peplos feierlich über das Hinterhaupt gezogen, und hält auf dem Schosse das grosse harfenähnliche Trigonon, dem sie noch einige Töne entlockt, vielleicht nur um das Hündchen zu necken, welches in Folge davon in munteren Sprüngen an ihren Knieen emporhüpft — wieder einer jener genrehaften Züge, von denen oben die Rede war, welcher lebhaft daran erinnert wie Thorvaldsen in seiner Darstellung der Bergpredigt im Giebelfeld der Kopenhagener Frauenkirche den einen der Hörer mit einem schönen Hunde beschäftigt zeigt. Ernster ist die Aufmerksamkeit der vor ihr stehenden Genossin der Hauptscene zugewandt, bewundernd steht sie vor dem siegreichen Gotte und senkt die Hand mit den Flöten, deren Ohnmacht gegenüber dem

Saitenspiel Apollons sich eben bewiesen hat. Am interessantesten aber ist die dritte Muse welche jenseits der Mitte, unmittelbar hinter Apollon steht. In der Tracht unterscheidet sie sich etwas von den beiden andern, denn ihr fehlt der Mantel und ihr Chiton ist der dorische, auf der rechten Seite offene, dessen Ueberschlag bis über die Taille herabfällt; eine Stephane oder Stirnkrone schmückt ihr Haupt. Mehr noch ist sie vor den Schwestern durch den Sessel ausgezeichnet, vor dem ein grosser verzierter Schemel, auf Thierfüssen ruhend, steht. Eine Rolle, auf welcher in verschiedene Columnen abgetheilt Schrift sichtbar wird, hält sie ausgebreitet in den Händen. Unwillkürlich erinnert man sich der Rolle, welche die singende Muse neben den beiden spielenden zu bezeichnen pflegt; und doch können wir nach der Haltung des Blattes und der Senkung des Blickes auf dasselbe so wenig eine bloss attributive Bedeutung der Rolle zur ganz allgemeinen Bezeichnung ihres Amtes annehmen, als andrerseits ein wirkliches Singen in diesem Moment und bei dieser Gelegenheit statthaft sein würde. Wir sehen uns also nach einer andern Erklärung um, die sich auch in der That jedem unbefangenen Beschauer des Bildes von selbst aufdrängt. Der Sessel von dem sich die Muse erhoben hat, der hohe Schemel auf dem sie wie auf einer Tribüne steht, ihre Stellung gegenüber dem Satyr, endlich ihre ganze Haltung lassen keinen Zweifel, dass wir in ihr die eigentliche Richterin oder die Verkünderin des Urtheilsspruches eben in der Ausübung dieses ihres Amtes begriffen vor uns sehen. Und bezeichnender konnte der alte Maler das nicht ausdrücken, als indem er die Notenrolle in das Urtheilsblatt verwandelte und die Vorsitzende des Gerichts daraus dem Schuldigen das Verdict vorlesen liess. Ungehörig ist es dabei zu fragen, ob denn die Musen ihren Spruch erst sorgfältig zu Protokoll hätten bringen müssen; der Künstler muste nach einem möglichst prägnanten sinnlichen Ausdruck für die Handlung des Verurtheilens suchen — wie hätte er dieselbe besser anschaulich machen sollen als in der von ihm gewählten Weise?

Bestätigt wird diese Erklärung durch die überaus trübe Stimmung, welche sich in Haltung und Zügen des unglücklichen Verurtheilten malt. Er ist ganz geknickt, die schweren Ahnungen sind Gewisheit geworden, verzweifelt stützt er die Stirn in die Hand und blickt vor sich hin, wohl weniger auf die Flöten welche er in der Linken hält, als ins Unbestimmte hinein — ein Bild gänzlicher Trostlosigkeit. Auch hier ist ein Fell die Decke seines Sitzes, das Flötenfutteral aus gesprenkeltem Fell liegt lang hingestreckt neben ihm; um das Haupt ist statt des Kranzes eine breite Binde gewunden. Auffallend ist sein ganzes Aussehen, denn während er in der Mehrzahl der andern Vorstellungen nur durch den Schwanz von der gewöhnlichen menschlichen Bildung sich unterschied, ist er hier wie auf der zuerst betrachteten Vase (*A*) über und über mit Zotten bedeckt; ein ähnlicher Anzug sowie auch ein buntes Thierfell waren das übliche Kostüm des Silen auf der attischen Bühne. Es ist indessen in dem vorliegenden Fall kein Grund anzunehmen, dass die Zotten einem eng anschliessenden Gewande, mag dasselbe nun dem ländlichen Leben oder den Bedürfnissen Verweichlichter entlehnt sein, angehören, sondern die Haut des Marsyas selbst ist zottig um seine öfter hervorgehobene halbthierische Natur anzudeuten. Auf das Leben in unwegsamer Umgebung weisen auch die hohen Stiefel hin, wie sie Jäger zu tragen pflegen oder wie sie Anlass gegeben haben einer schönen Dichterstatue des vaticanischen Museums den Namen des Hesiodos beizulegen, der ja aus dem nassen und grossscholligen Boiotien stammte. Endlich erkennen wir den Hirten, zu welchem das oben geschilderte Satyrdrama unseren Satyr machte, an der Ziege die hinter ihm in der Ecke ruhig weidet.

Es bleibt schliesslich noch eine Figur übrig, welche wohl geeignet ist den gewählten Moment bestimmt zu bezeichnen. Wir meinen jene zierliche Gestalt im kurzen bunten Gewande, welche links hinter der lesenden Muse herantritt und einen breiten Korb, über dessen Rand ringsum kleine Zweige hervorragen, nebst einer Binde auf den Sessel der Muse niederzusetzen im Begriff ist. Ueber das Geschlecht der Figur kann Zweifel entstehen, die Kürze des Gewandes spricht zwar für einen Jüngling und auch die Haartracht scheint eher dieser Annahme günstig; jedoch finden wir das Haar ähnlich angeordnet an der ersten Muse mit dem Saiteninstrument, und die Armbänder weisen bestimmt auf ein weibliches Wesen hin, etwa eine Nymphe oder sonst eine Dienerin, deren Gewandung in derjenigen der Artemis ihre Analogie finden würde. Augenscheinlich soll das Geräth, welches das Mädchen herbeibringt, zum Siegesopfer dienen, wie zum Beispiel in ganz entsprechender Weise ein Opferdiener auf einer schönen Vase des Neapler Museums, welche den Mythos von Pelops und Hippodameia darstellt, mit einem ähnlichen blumengeschmückten Korbe am Altar steht, dem Oinomaos zu Diensten. So ist also in dieser Figur indirect eine Bestätigung des Sieges Apollons durch den Hinweis auf die folgende feierliche Handlung gegeben. —

Einen raschen Blick werfen wir zum Schluss auf die noch übrigen Vasenbilder, welche den Vollzug der Strafe schildern. Wenig Genaues erfahren wir über die Darstellung, welche am Hals einer vorher besprochenen Amphora (*B*) angebracht ist: Apollon, wie es scheint von seiner mit zwei Fackeln versehenen Schwester Artemis begleitet, soll dem Marsyas, der traurig um Mitleid zu ihm fleht, als Richter mit einer Gerte gegenüberstehen, das heisst doch wohl mit dem Messer, welches wir sogleich in seiner Hand finden werden; Hermes mit seinem Heroldstabe steht hinter dem Satyr, der sich hier also ganz in feindlicher Umgebung befindet. Der Gott selber schickt sich auch noch auf zwei andern Vasen an das Henkeramt zu verrichten; die eine derselben (*L*) gehörte zur zweiten hamiltonschen Sammlung und befindet sich jetzt vielleicht in Deepdene wie die oben erwähnte (*F*), die andere (*M*), welche ihren Besitzer (Geniceo, Pascale) oft gewechselt hat, ist nunmehr in den Besitz des Barons Meester von Ravestein in Mechein, früheren belgischen Gesandten am päpstlichen Stuhle, gelangt. Jene deutet das Local des Vorganges durch das Bild Apollons, welches auf einer ionischen Säule steht, als diesem geweiht an. Nymphen und Satyrn, nur mit dem Oberleib sichtbar, schauen einander in der Höhe theilnehmend an, während unten der bekränzte Sieger in blosser Chlamys mit dem Messer in der Hand auf den knieenden kahlköpfigen Marsyas zuschreitet, der, die Hände hinter dem Rücken gefesselt, voll Angst auf das Mordinstrument blickt. Hinter dem Bruder steht Artemis in fremdartigem Kostüm, mit langem Chiton und phrygischer Zipfelmütze, und hält in der ausgestreckten Rechten einen Pfeil dem Apollon hin, vielleicht um ihn zu bewegen, dass er die Strafe auf weniger unmenschliche Weise vollziehe. — An den Baum gefesselt, von dem das uns bereits wohlbekannte Flötenfutteral herabhängt, steht Marsyas auf der andern Vase (*M*) dem rächenden Gott gegenüber, der in voller Kitharödentracht, wiederum mit dem Messer in der Hand vor ihn hintritt und ihm seinen Uebermuth vorzuhalten scheint; fast sieht es nach den Gesichtszügen des Gefesselten so aus, als ob dieser den Trotz noch nicht 'ganz aufgeben wolle. Darauf deutet auch die erstaunte und misbilligende Geberde, mit welcher ein links hinter Apollon sitzender bärtiger Mann seine auf den Gefesselten gerichteten Blicke begleitet. Man würde vielleicht an Zeus denken, der ja auf dem vorhin betrachteten Bilde (*K*) zugegen war, wenn es ein königliches Scepter und nicht vielmehr ein langer Knotenstab wäre, was er mit der Rechten hoch aufstützt; die Gründe, welche gegen Midas sprechen, sind öfter angedeutet und die Annahme eines Bewohners von Nysa oder Kelainai als Richter kann sich lediglich auf den historisierenden Bericht des Diodoros berufen. Mir scheint es auch hier wiederum, wie oben bei *G*, am gerathensten sich der Erzählung des Apollodoros zu erinnern und Olympos als Vater des Marsyas in der fraglichen Figur zu erkennen, deren langer Stab nicht nur bei dem zweifelhaften Olympos des eben genannten Bildes sondern auch bei dem sicheren der Ruveser Vase *J* wiederkehrt; so ist der lebhafte Antheil, welchen der Mann an dem Schicksale des Marsyas nimmt, am einfachsten erklärt. Durchaus unsicher ist mir dagegen die Bedeutung der gegenüber an einen Felsblock gelehnten Frau, welche ich mich daher mit einem bestimmten Namen zu belegen enthalte. Das obere Feld endlich nimmt Aphrodite ein, mitleidig auf ihren Schützling hinabschauend; Eros und Pan sind wie auf vielen andern unteritalischen Gefässen ihre Begleiter.

Apollon selbst zum Henkeramt gerüstet zu sehen verletzt das Gefühl, wenn auch die alte Kunst sich nie so weit vergessen hat den Act des Schindens selber darzustellen, wie es die moderne Sculptur mehrfach gethan hat; schwerlich hätte auch ein alter Künstler Marsyas nach Dantes Ausdruck *tratto della vagina delle membra sue* gebildet, wie Michelangelo in seiner Schilderung des jüngsten Gerichts. Es ist also nicht zu verwundern wenn wir neben jenen Vasen, die Apollon selbst als Henker darstellen, andre finden in denen dieses Amt einem untergeordneten Diener der Gerechtigkeit übertragen ist. So auf dem flaschenförmigen Gefäss von flüchtigster Zeichnung in der neapolitanischen Sammlung Barone (*N*), wo Apollon langgewandet und fast weibischen Aussehens an einen Dreifuss gelehnt steht, auf dem seine Kithar Platz gefunden hat, und seine Siegerbinde über dem Haupte des kahlköpfigen Marsyas flattern lässt, der vor ihm auf einem Felsblock sitzt, mit den Händen an einen kahlen Baumstamm gebunden. Um Gnade flehend wendet er sich zu dem Gotte um, dieser aber bleibt ungerührt: sein Diener in kurzem Gewande und hohen Stiefeln hat schon das Messer drohend über dem Haupte des Verbrechers erhoben. Und hier fehlt auch der Chor des Satyrdramas nicht. Drei jugendliche Satyrn mit allerlei Geräth umgeben die Scene und bezeugen auf das lebhafteste ihren Antheil an dem Schicksal des Geführten, einer aber trägt leisen Schrittes in der Rechten die Flöten davon um diese wenigstens in Sicherheit zu bringen, indem er sich vorsichtig umschaut, ob auch Niemand seinen Frevel bemerkt. — Während hier Marsyas und seiner Umgebung der Hauptplatz eingeräumt ist, finden wir endlich die figurenreichste Darstellung des apollinischen Gefolges und überhaupt der ganzen Begebenheit auf einem Gefässe des Nationalmuseums in Neapel (*O*). Dasselbe stammt aus Armento in der Basilicata und ist ausser durch den angedeuteten Vorzug auch dadurch merkwürdig, dass die Darstellungen nicht bloss gemalt sind sondern aus farbigen Reliefs bestehen, welche von dem schwarzen Grunde der Vase sich abheben. Leider ist das Bild noch nicht veröffentlicht, sondern nur durch eine wenn auch sehr ausführliche Beschreibung bekannt. Danach nimmt ein Baum die Mitte des Ganzen ein, an welchem man Marsyas mit den hinter dem Rücken gefesselten Händen erblickt, wie er zu dem in Kitharödentracht neben ihm stehenden Apollon aufschaut, indessen auf der andern Seite der Barbar bereit ist die Strafe zu vollstrecken; Nike schwebt heran um den Sieger zu bekränzen. Diese Mittelgruppe ist in einer unteren und einer oberen Reihe von den Musen umgeben, die hier in voller Neunzahl das Richteramt versehen haben. Mitten unter ihnen steht auf der Seite des Skythen Olympos, in Trauer abgewendet, ganz rechts ein anderer Jüngling mit dem Gestus gespannter Aufmerksamkeit, wohl auch ein Genosse des Satyrs. Genaueres wird sich erst nach Mittheilung einer Zeichnung ermitteln lassen. —

Um das Schlussresultat der angestellten Musterung zusammenzufassen, so zeigt uns die stattliche Reihe der betrachteten Vasen eine reiche künstlerische Phantasie geschäftig den überlieferten Mythos immer frei und neu zu gestalten. Wir dürfen dabei freilich nie vergessen, dass wir es hier lediglich mit den Handwerksarbeiten gewöhnlicher Töpfer zu thun haben, bei denen wir uns oft an den sinnigen'poetischen und malerischen Intentionen genügen lassen müssen, anstatt eine auch im Einzelnen befriedigende Ausführung zu verlangen. Der Werth dieser unscheinbaren Malereien steigt jedoch beträchtlich, wenn wir bedenken dass von den bedeutenden Werken der selbständigen und kunstmässigen Malerei der Alten leider kaum eine schwache Kunde zu uns gelangt ist.

<hr>

Der Zweck dieses Programmes liess die Mittheilung des gelehrten Apparats in oder unter dem Texte nicht wünschenswerth erscheinen. Es mag daher genügen an dieser Stelle auf Böttigers Abhandlung 'Pallas Musica und Apollo, der Marsyastödter' (aus Wielands attischem Museum I (1796) S. 279 ff. in Böttigers kleinen Schriften 1 S. 3 ff. wiederholt), ferner auf des Verfassers Aufsatz '*Apolline e Marsia*' in den *annali dell' instituto di corrispondenza archeologica* XXX (1858) S. 298 ff., endlich auf Stephanis neueste Behandlung der Sage und besonders der Vasen in dem Petersburger *compte rendu de la commission impériale archéologique pour l'année* 1862 S. 82 ff. hinzuweisen. Die in dem vorliegenden Programm besprochenen Vasen finden sich in folgenden Werken abgebildet oder beschrieben:

A (S. 8) abg. d'Hancarville IV, 64. *Élite céramogr.* II, 69.

B (S. 8. 16) In der Sammlung Jatta, beschr. von Schulz *bull. dell' inst.* 1836 S. 122 f.

C (S. 8) abg. Tischbein III, 12. *Élite céramogr.* II, 66.

D (S. 9) abg. *Élite céramogr.* II, 70.

E (S. 9) abg. *antiquités du Bosphore cimmérien* Taf. 57. S. Tafel I, 1 (Form a).

F (S. 9) abg. Tischbein III, 5. *Élite céramogr.* II, 65. Denkm. alter Kunst II, 14, 149.

G (S. 11) abg. Stephani *compte rendu* 1862 Taf. 6, 2. S. Tafel I. 2 (Form b).

H (S. 12) abg. *revue archéol.* II Taf. 42. *Élite céramogr.* II S. 228.

J (S. 12) abg. *élite céramogr.* II, 63.

K (S. 13) abg. Tafel II, 3 (Form c). Die Rückseite (Palladionsraub) ist abg. *ann. dell' inst.* XXX Taf. M.

L (S. 16) abg. Tischbein IV, 6. *Élite céramogr.* II, 74. Denkm. alter Kunst II, 14, 150.

M (S. 16) abg. Gerhard antike Bildw. Taf. 27. *Élite céramogr.* II, 64.

N (S. 17) abg. Minervini *monumenti di Barone* Taf. 16.

O (S. 17) beschr. von Avellino *bullett. napolet.* II S. 75 ff.

<hr>